AF463877

LETTRES
DE THÉOTIME
LE PHILANTROPE,
*A MADAME LA COMTESSE DE B***,*
DE PLUSIEURS ACADÉMIES,
Sur quelques objets de Littérature & de Morale.

Gloire dans le Ciel à Dieu, & paix sur la Terre aux Hommes de bonne volonté.

A LONDRES,
Et se trouve à Paris,
Chez CAILLEAU, Imprimeur-Libraire, rue Galande, N°. 64.

1788.

LETTRES DE THÉOTIME LE PHILANTROPE.

LETTRE PREMIERE.

O inestinguibil' lume, ô scorta amica,
Voce interna immortal, divino instinto,
Tu all' uom' già infermo per la colpa antica,
Dai nodi degli affetti interno avvinto
L'alma sollevi, regoli il desio,
Gli additi il vero, & lo conduci à Dio.

Duchessa di Vasto-Girardi.

Je vous félicite, Madame la Comtesse, de ce que la séduction des talens, des plaisirs & du grand monde, n'a jamais affaibli chez vous ces principes de religion & ces élans de piété, si bien faits pour une âme vertueuse et sensible. Je n'avais donc pas tort de penser que vous ne seriez jamais du nombre de ces femmes, dont on a dit, avec tant de raison, qu'elles ont recours à la grâce, quand elles s'apperçoivent que les grâces les quittent. La beauté de l'âme se réunit chez vous à celle de la taille & de la figure. Elle rend celle-ci bien plus intéressante encore, & jamais une personne douée de tant d'avantages ne pourrait cesser de les rapporter à leur ineffable dispensateur.

Mais vous me prescrivez, Madame la Comtesse, une tâche infiniment délicate, une tâche à la fois bien douce & bien pénible, en m'ordonnant de vous entretenir d'objets dont mes imperfections m'éloignent encore à une distance prodigieuse, lors même que mon goût m'y porte avec le plus de vivacité. Il faut pourtant, sinon vous satisfaire, du moins vous obéir; et peut-être l'excellence du sujet & la pureté de l'intention racheteront-elles assez chez moi le défaut de lumières pour justifier les encouragemens que j'espère de votre indulgence & les conseils que j'attends de votre sagesse.

J'entre en matière.

Sans renouveller ici les discussions historiques, mythologiques & scholastiques, sans rien prononcer encore sur l'essence du Législateur ineffable qui montra sur la terre une âme céleste & divine dans un corps humain; quel être raisonnable & sensible, d'après les relations qu'on nous a conservées de cet instructeur admirable, quel homme s'empêchera de bénir & vénérer sa mémoire comme celle d'un Juste infiniment digne d'amour, de respect & d'estime ? Je pense même que ce sentiment du plus vif & du plus sincère hommage, l'emporterait sur tous les autres chez un philosophe infidèle ou payen, mais de bonne foi, qui n'aurait reçu ni prévention, ni préparation pour ou contre le christianisme. Je pense encore, Madame, que ce philosophe ne changeroit pas de sentiment, quand même à ses yeux profanes, le juste par excellence, serait par fois si bisarrement extrême, si prodigieusement exalté, si extraordinairement dominé par l'enthousiasme, qu'il semblerait y avoir à craindre, s'il reparaissait de nos jours, que les Scribes, les Sénateurs, les Pharisiens, les Prêtres & la populace modernes ne lui fissent pas meilleur parti que les anciens, malgré quelques apologistes ou sectateurs épars dans tous les corps & dans toutes les conditions.

Je sais que d'une quinzaine d'aventuriers qui, depuis le vrai Messie, s'en sont arrogé le titre, aucun n'est mort dans son lit, si ce n'est Zabatéi Sévi, qui se fit Mahométan, de peur d'être empalé. Mais que peuvent de fausses copies contre l'authenticité du véritable original ?

Je sais aussi tout ce qu'une partie de l'Orient

doit à ce Législateur, qui montra plus d'une fois l'imagination d'Homère, la prudence de Numa, la modération de Solon, l'austérité, la fermeté de Lycurgue, le courage et la clémence de César; qui sçut arracher beaucoup de nations & de contrées aux extravagances du Polythéisme & de l'idolâtrie, à la barbarie des sacrifices humains, aux brutalités de l'ivrognerie, aux friponneries de l'usure, aux vices de la fainéantise, aux maladies de la malpropreté; qui permettant & restreignant l'antique polygamie de son pays & de son climat, n'ordonna ni la vente, ni l'esclavage des femmes, ni la mutilation des hommes. M. Savary nous a guéris de nos préventions contre le fondateur de l'Islamisme. Mais quelque grand que fut cet homme à qui Voltaire a rendu plus de justice dans l'histoire qu'au théâtre, combien, même en faisant abstraction de la nature divine, ô combien son caractère reste au-dessous de celui du Maître adorable qui ne cessa de prêcher & de pratiquer la Philantropie la plus cordiale & la plus universelle, relevée par le plus haut respect pour la divinité; qui, à la bonté la plus touchante & la plus inépuisable, aux instructions les plus sages & les plus sublimes, joignit une humilité sans bassesse, une dignité pleine de douceur, un désintéressement inaltérable, une constance & une ardeur sans exemple au bien, une force d'âme tranquille sans insensibilité, comme sans parade! Oui, disait Rousseau, si la vie & la mort de Socrate sont d'un sage, la vie & la mort de Jesus sont d'un Dieu. Oui, dirais-je encore, si la vie & la mort de Mahomet, qui a rendu témoignage à Moyse & à Jesus, sont d'un héros, la vie & la mort de Jesus, qui n'a point annoncé Mahomet, sont d'un homme divin.

A ne parler encore qu'humainement, le culte & la croyance qui nous sont enseignés au nom de Jesus, si l'on en excepte quelques pointilleries théologiques, uniquement faites pour aigrir de plus en plus les sectes qu'elles divisent, ne paraissent-ils pas convenir autant & mieux que toute autre forme religieuse, aux divers gouvernemens & pays des quatre parties du globe, & sur-tout de l'Europe; premièrement, à cause de l'autorité que leur donne une longue suite de siècles; secondement, à condition qu'insensiblement on élaguera les absurdités rebutantes qui se mêlent encore en plusieurs cantons à ces rites & à ces dogmes? Or, en combinant, amalgamant & modifiant les principales idées des principaux apologistes et sermonaires de tous les cultes institués au nom du Christ, avec ce que l'auteur de l'*Anti-contrat social*, celui du *Code évangélique*, celui de l'*Homme*, & celui des *Lettres économiques*, ont dit de la religion & de l'instruction; il me semble, sans autre détail, qu'on rendra par-tout le Christianisme également convenable à l'utilité des états & au repos des consciences, également favorable aux Rois, aux peuples, aux particuliers; également propre aux Monarchies & aux Républiques, également admissible par-tout pour la morale, la politique & la raison; tous avantages presqu'étrangers au but & au résultat de ce que nous appellons vulgairement, & peut-être abusivement, théologie; tous avantages qu'il ne faut espérer, soit en totalité, soit en grande partie, que des lumières & des effets de la seule philosophie, en prenant ce dernier mot dans sa véritable acception.

Mais comme je ne suis pas chargé d'écrire pour une nation, & qu'il ne s'agit pas même ici d'un compte précis & clair de la manière dont je gouverne ma conscience, ou plutôt dont ma conscience me gouverne, je me borne à l'exposé qui va suivre.

Très-indépendamment de toute distinction, soit chimérique, soit réelle, entre l'esprit & la matière; très-indépendamment de toute croyance ou supposition locale, ce sont l'organisation des animaux & des plantes, l'instinct des bêtes, la perfectibilité de l'homme, la combinaison des élémens, le cours des aſtres, la ſtructure & l'immenſité de l'univers; ce ſont, en un mot, tant de magnifiques & ſenſibles effets réſultans du pouvoir & de l'intelligence qui me donnent l'idée, peut-être même (1) la certitude d'une cauſe ſouverainement puiſſante & intelligente, à laquelle ſe réuniſſent, par une conſequence néceſſaire, tous les attributs eſſentiels de ſouveraine juſtice & ſouveraine bonté. Cette cauſe éminemment ſupérieure & toujours agiſſante, cette ſource ineffauble de tous les êtres; ce principe originel & conſervateur, je l'appelle Dieu. De cette croyance dérive celle d'une autre vie, à laquelle celle ci ne ſert que d'acheminement & d'épreuve. Suivant les notions de juſtice que nous ne tenons, dans le principe, que de l'être eſſentiellement juſte, il faudra bien, là-haut ou quelque part, un complément aux récompenſes & aux punitions, puiſque le vice & la vertu ne reçoivent pas toujours leur ſalaire ici-bas. Mais ce tems de béatitude ou d'expiation ſera-t-il éternel ou limité? C'eſt abſolument ce que j'ignore. Si pourtant l'éternité doit nous concerner pour

(1) Ce rapprochement inuſité des mots *peut-être* & *certitude*, eſt la ſeule expreſſion qui ſe ſoit offerte à mon eſprit, pour rendre ma façon de voir, ſentir ou tâtonner dans ces ténèbres reſpectables.

quelque chose, les notions de bonté que je crois tenir primitivement de l'Etre bon par excellence, formateur de tous les êtres, sembleroient me permettre, soit pour moi particulièrement, soit pour mes semblables en général, d'espérer une éternité de bonheur, plutôt que de redouter une éternité de supplices. Jamais pour l'autre vie, ni pour celle-ci, la disproportion des loix pénales n'a diminué le nombre des délits, ni celui des criminels : l'à propos du châtiment réprime bien plus que son atrocité.

Et sur tout cela, Madame la Comtesse, rien dans la révélation, qui loin de combattre la raison, ne la satisfasse & ne la fortifie. Charles Bonnet a remarqué bien avant moi, Jean-Joseph Languet (1) avait dit avant lui, & d'autres avant Languet, combien l'incomparable & sublime Législateur des Chrétiens fait sentir à la fois, & l'horreur du péché, par les images les plus menaçantes, & l'infinie bonté du juge & du maître, par les paraboles du bon-pasteur, de l'enfant prodigue, de la dragme retrouvée, &c. Je dois encore avouer, que mon

---

(1) Voyez son *Traité de la confiance en la miséricorde de Dieu*, ouvrage fait pour expier son extravagante histoire de Marie à Lacoque, & même ses controverses emportées pour cette fatale bulle *Unigenitus*.

adhésion pleine & sincère au système & à l'espoir d'une autre vie, est, d'après mes notions de la divinité, plutôt fondée sur l'analogie que sur l'évidence, qu'elle est de persuasion plus que de conviction; mais, qu'après des réflexions mûres, & faites avec toute l'attention dont je suis capable, après avoir pesé de mon mieux les réponses & les objections, les probabilités pour & contre, les premières l'emportent assez dans ma balance, pour me tenir lieu de preuves.

En général, la punition du vice ou du crime, & la récompense des bonnes actions & de la vertu, me paraissent assez marquées dès ce monde, pour me convaincre de la vigilance continuelle du juge suprême, en même-tems que l'impunité des uns & l'abandon des autres me semblent assez fréquens pour me persuader que le complément de sa justice est remis à d'autres lieux ou d'autres tems. Si rien ne recevoit son salaire ici-bas, quelle notion, quel amour aurait-on de l'ordre & de l'équité? Si tout étoit payé dès la vie présente, à quoi servirait le dogme de la future? La lecture que vous avez faite de Plutarque, me dispensera de vous copier ici les excellens & pieux raisonnements de cet Auteur au *Traité des delais de la justice divine.* Par ces retards, dit il, Dieu nous enseigne à ne pas punir avec emportement & précipitation. Il veut donner aux prévaricateurs, dont la méchanceté n'est pas incurable, le tems du (1) repentir & de la correction. Souvent il daigne les employer pour opérer de grandes choses, ou pour châtier d'autres coupables. Quelques-uns sont destinés à produire une race vertueuse : une punition trop rapide priverait le genre humain des services qu'il doit recevoir de leurs enfans. De plus, l'homme injuste, en attendant ou son châtiment, ou sa récompense, éprouve comme des avants-coureurs de sa punition dans les soucis rongeurs & les remords cuisans. Combien de malhonnêtes gens, dont on peut dire qu'ils sont moins châtiés dans leur vieillesse, qu'ils ne vieillissent dans le châtiment.

---

(1) C'est ainsi que des Pères de l'Eglise, entr'autres Saint-Fulgence & plusieurs Evêques d'Afrique, au sixième siècle, écrivirent aux fidèles : » Montrez-vous pleins de charité à l'égard de vos » freres qui sont dans d'autres sentimens, ne désespérez d'aucun » d'eux, parce que celui qui, tel que les Pélagiens, ne reconnaît » pas aujourd'hui la vérité en quelque point, peut demain la » connaître, si Dieu la lui découvre. Loin donc de les maudire, » prions pour eux le Seigneur, afin qu'il agisse en eux. Montrons » à leur égard une bonne volonté dont nous puissions recevoir de » Dieu la récompense ». Voyez encore à ce sujet, les cinq derniers versets du chapitre II de la seconde Epitre de Saint Paul à Timotée.

Le philosophe de Cheronée pense comme nous, que l'idée vraie de la Providence divine & celle de l'immortalité de l'ame sont tellement liées entre elles, que l'on pourrait en conclure que les méchans dans l'autre vie, subiraient une partie de leurs expiations par la connaissance des malheurs de leur postérite dans celle ci. Cette seule pensée lave le Législateur des Hébreux du reproche injuste d'avoir méconnu ce dogme de l'autre vie. Sans ce dogme, trop notoire & trop général pour être expliqué, qu'eussent fait aux pères méchans les punitions de leurs enfans jusqu'à la quatrième génération? Qu'eût fait à Cham la malédiction jettée sur son fils Canaan? Qu'auraient voulu dire les Patriarches en parlant de la vie comme d'un pélerinage, & du trépas comme d'une réunion à leurs ancêtres? Pensez-vous, disait le Christ aux Saducéens, que par le Dieu d'Abraham, d'Isaac & de Jacob, Moyse ait entendu le Dieu des morts?

Observons aussi que la vertu nous offre tant de charmes & d'avantages dès ce monde-ci, qu'il n'y a qu'à perdre à s'en écarter, même indépendamment des craintes & des espérances de l'autre monde. Qui est-ce qui souffre le plus du malade colère & impatient, ou du malade endurant & résigné? Qui de l'homme fourbe ou de l'homme droit s'attire le plus de confiance & de considération? Qui du voluptueux ou du tempérant conserve le mieux ses forces & sa santé? Lequel du généreux ou de l'avare, goute mieux les douceurs & la consolation de la vie? &c. &c. On pourrait étendre ce parallele à l'infini. Aimons donc & pratiquons de notre mieux la vertu pour Dieu, pour elle, pour nos semblables & pour nous-mêmes.

Peut-être, Madame, manque-t-il encore quelques développemens à mon exposé. Ils feront le sujet d'une conversation, plutôt que d'une lettre.

D'après la sage maxime de Locke, nous définirons d'abord, pour ne pas disputer. L'ordre, selon moi, roule sur deux pivots, dont le premier consiste positivement & négativement à faire à autrui comme à nous-mêmes; le second (1), à placer le mérite & l'obligation suprêmes dans l'intérêt général. J'appelle religion une règle de morale & de conduite, fortifiée par l'amour de l'ordre, & sanctifiée par l'espérance en Dieu. Espérer en Dieu & croire à la vertu, c'est avoir de

(1) Dans l'état de civilisation, le second pivot devient le premier. Mais l'homme fut, sans doute, personnel avant d'être social ou patriote.

la religion. Et comme en me défiant de quelques opinions locales ou vulgaires, je n'attribue point les rechûtes continuelles de la plupart de ceux qui la professent au fond même de leur croyance ; de même, en censurant mon opinion particulière, qui peut devenir plus générale que les leurs, ils ne doivent pas non plus imputer à ma théorie les erreurs de ma pratique. Dans tous les partis, dans toutes les sectes, dans tous les états, on paye ordinairement, de manière ou d'autre, à la fragilité de notre nature, une sorte de tribut, sur lequel on s'entredoit plutôt indulgence & commisération, que reproche & colère. Parmi ces fautes, plus ou moins graves, je n'ai garde de comprendre ou de compter ces crimes funestes qui doivent exciter l'animadversion très-marquée des individus & des sociétés, par la suite même de cet amour de l'ordre, que je regarde comme formant, avec l'espoir en Dieu, la base inébranlable de la vraie religion, de la religion vraiment catholique & universelle, puisqu'elle convient à tous les hommes de tous les climats, de tous les gouvernemens & de tous les siècles. On peut remarquer, en passant, que les auteurs de ces crimes exemplairement ou indispensablement punissables, ne sortent presque jamais de cette classe généralement honnête & éclairée, dans laquelle se trouvent des inconvaincus en matière de foi. N'oublions pas non plus d'établir la distance convenable entre les incrédules ou sceptiques par principes, & ces mécréans par ton, par inconséquence & par libertinage, dont le suffrage versatile & très-variable, absolument dépourvu d'examen & de réflexion, devient également nul pour ou contre les opinions qu'ils ont l'air d'embrasser.

Je crois avoir prouvé quelque part qu'on doit se défier de toute opinion exclusive, & songer qu'en tout genre le syncrétisme & l'éclectisme, c'est-à-dire, une liberté raisonnable d'expliquer, de concilier, de modifier & de choisir, est peut-être le meilleur parti. Confucius, Horace, Montaigne & Montesquieu, sont des autorités assez respectables, s'il falloit en rapporter en faveur des partis mitoyens. Cette méthode juste, modeste & douce, convient, sur-tout, quand on n'est ni Prédicant, comme Scultet; ni Jésuite, comme le père Bougeant; ni Génovéfain, comme le célèbre le Courrayer; ni Oratorien, comme M. l'Abbé Brun; ni Bénédictin, comme cet infortuné Barnesius, que l'Inquisition fit pourrir dans ses cachots pour avoir voulu réunir l'Eglise Anglicane avec la communion Romaine. Quel Catholique a blâmé l'illustre Pope d'avoir fait cette réponse à l'Evêque de Rochester, qui voulait le rendre Protestant:

» Je

» Je ne suis pas éloigné de croire que vous & moi » nous nous trouverions penser de même, si nous » pouvions nous entendre ; & que tous les chrétiens » qui ont de la probité, se réuniraient ainsi, s'ils » voulaient seulement une fois le jour converser » ensemble, & n'avoir autre chose à faire qu'à » servir Dieu, & vivre en paix avec leurs sem» blables. ».

Puisqu'en général il n'est rien de plus mobile & de plus incertain que les systêmes forgés par l'imagination des hommes, les vrais croyans ne sauraient assez bénir la main divine, qui pose dans les livres sacrés une base fixe & solide pour leur esprit & pour leur cœur. Presque tout étant personnifié & matérialisé dans ce monde naturel & terrestre, l'adoration spirituelle n'exclud pas certains signes physiques & sensibles, quoiqu'elle soit le sûr & vrai préservatif de l'idolâtrie & de la superstition.

Je pense, Madame, qu'à quelque systême que s'attache un homme de bonne-foi, il doit respecter extérieurement toutes les cérémonies ou solemnités consacrées dans sa patrie, & cela proportionnément comme il respecte les ordonnances, les coutumes ou les loix sous lesquelles existent sa personne, son domicile, ses emplois & ses propriétés, bien que rien ne l'oblige d'en approuver indiſtinctement, du fond de l'ame, toutes les diſpoſitions.

Un tel homme, ſans diſputer avec qui que ce ſoit, ne verra rien de contraire au bon ordre, & rien que de conforme à la décence & à la bonne-foi dans le motif qui le déterminera, ſuivant l'occaſion, à ſuggérer à ſes proches, à ſes amis, à quelques perſonnages faits pour donner ou recevoir l'inſtruction, des principes qui, les portant de plus en plus au patriotiſme, à la bienfaiſance, à la ſageſſe, à l'*adoration en eſprit & en vérité*, les arrachent à la ſuperſtition, à l'intolérance, au ſcandale & à l'hypocriſie. Il faut préalablement ſecouer un joug puérile, pour ſe ſoumettre enſuite à des autorités raiſonnables. Il faut des Officiers publics de culte & de dogme, leſquels peuvent ſe rendre infiniment eſtimables, en tant que promulgateurs d'une ſaine morale. Mais autant que la comparaiſon peut s'admettre; on peut aimer & ſervir Dieu, ſans trop croire à certains déclamateurs, comme on peut aimer & ſervir le Roi ſans ramper devant ſes courtiſans.

Je ne ſuis point Miſſionnaire, Madame la Comteſſe, & je ne le ſerai vraiſemblablement jamais. Ainſi, je dois concilier de mon mieux la prudence avec la ſincérité, dans des aveux que j'aurais mauvaiſe grace à retenir devant des perſonnes telles que vous. Il est à remarquer que deux Anglais ont écrit, dans le même tems, l'un M. Jennings, pour démontrer l'établissement divin du Christianisme; l'autre, M. Gibon, pour développer les moyens très humains qui le firent triompher, & que, malgré la contrariété de leur sentiment ou de leurs assertions, tous deux ont été accusés d'impiété. Ainsi juge le vulgaire. Seroit-il plus juste ou plus modéré à mon égard, si je publiais le résultat ou le précis d'une revue aussi respectueuse qu'impartiale que je me suis avisé de faire, non-seulement de notre sainte religion & de ses principaux examinateurs, favorables ou contraires, mais de presque tous ce que nous pouvons connaître des sectes répandues sur le globe, de leurs écritures, de leurs usages, de leurs traditions & de leurs controverses?

Aveugle & pauvre scrutateur que j'étais, relativement à ces dernières! Est-ce dans ces inexplicables rapsodies, dans ces interminables disputes, qu'il me fallait chercher ou la plus certaine vérité ou la plus satisfaisante vraisemblance? Pour l'être réfléchissant & de bonne-foi, n'est-il pas une voie bien plus simple & plus naturelle de la découvrir? Qu'il se consulte lui même; qu'il envisage ses rapports avec ce qui l'entoure, & qu'il regarde au fond de son cœur! O Madame! voici les maximes que je crois avoir puisées dans le mien, en compensation des malheureuses taches qui le souillent. » Fuir les imposteurs, les hypocrites & les disputeurs ; n'être à Paul, à Apollon, ni à Céphas, » mais à Dieu, l'aimer par-dessus tout, & le prochain comme soi-même, rendre à chacun ce qui » lui appartient; servir son pays, soigner sa famille, » chérir ses amis, secourir les malheureux, remplir son état, honorer son gouvernement & ses » chefs, obéir aux loix, se résigner aux événemens, sans négliger les devoirs, avoir de l'indulgence pour autrui & de la sévérité pour soi-même : voilà la loi, les prophètes & la grace ».

Il serait, Madame, aussi facile qu'inutile d'exposer le parallèle & la conformité des maximes les plus claires extraites de l'écriture avec celles qu'on a pareillement recueillies dans les Pères de l'Eglise, dans les principaux auteurs Ecclésiastiques ou profanes de tous les pays, de tous les tems, de toutes les religions. Quelques soient les écarts & les indignités du genre humain, l'infinie bonté de Dieu n'en a jamais abandonné une seule portion au point de n'y pas laisser luire, au milieu des plus épaisses ténèbres, quelque rayon de sagesse. Mauduit, l'une des lumières de l'Oratoire ; convient dans son traité de la religion que les sages du paganisme avaient la connaiſſance des plus hautes vertus ; vérité que la Motte-le-Vayer a miſe dans le plus grand jour. Les opinions factices, paſſagères & locales n'ont jamais détruit le dogme naturel, inaltérable, univerſel.

» Tous ont reçu du Ciel, avec l'intelligence,
» Ce frein de la raiſon & de la conſcience ». *Volt.*

Quoique très-éloigné de l'eſprit de diſpute & de contradiction, vous ſavez, que dans certains cercles où l'on ſe parlait à cœur ouvert & ſans détour, je me ſuis trouvé ſeul à croire ou à eſpérer l'autre vie, & dans d'autres le ſeul à modifier le ſyſtême ou l'enſeignement vulgaire. Dans les momens où je paraiſſais encore loin du degré de conviction que je deſirais ſur ces ſortes de matières, j'étais, je vous le proteſte, encore beaucoup plus loin de l'incrédulité abſolue. Lorſque les ſophiſmes & les ſubtilités des matérialiſtes qui ne pourront jamais gagner le cœur ni ſubjuguer l'eſprit, m'embarraſſaient dans mes réponſes, non-ſeulement je me retranchais dans les principes généraux du Vicaire Savoyard d'Emile, & du Prêtre Français de Robinſon, comme dans un fort inexpugnable ; mais je conſervais tellement l'eſpérance ferme & ſincère d'une autre vie, ſur-tout pour la créature humaine, que j'allais juſqu'à former le raiſonnement que voici. L'Être tout puiſſant, tout vivifiant, tout bon, ne m'a nullement inſpiré l'idée de croire qu'il conſente à l'anéantiſſement total de la créature à laquelle il a donné le ſentiment & la notion du Créateur. S'il ne conſervait à notre mort rien de l'individu phyſique & moral, c'eſt-à-dire, du ſpirituel ou matériel qui nous conſtitue, s'il mettait le tout abſolu d'un homme décédé dans le même état d'extinction, de diſſolution, modification, volatiliſation, tranſmigration ou tranſmutation qu'éprouve évidemment ſon cadavre, j'imagine qu'encore plutôt que de laiſſer périr la totalité de cet être intelligent & ſenſible, l'Ordonnateur ſuprême aurait daigné pourvoir à ce qu'au trépas de chacun, il ſe format ſur le champ dans un autre ordre de monde & de choſes, un autre être intelligent & ſenſible, remplaçant le défunt & s'y ſubſtituant, s'identifiant à lui par une continuité de mémoire tranſmiſe de la première perſonne humaine à la ſeconde; car, c'eſt vraiment la mémoire qui nous conſtitue, nous particulariſe, nous généraliſe. La mémoire, dit M. Rétif, eſt la conſcience de ſoi-même, qui fait que je ſuis moi, & que j'admets cette même continuité identique d'être dans les autres. Sans la mémoire, ajoute-t-il, un criminel ne ferait pas lui: à chaque ſucceſſion d'inſtants il ſerait auſſi étranger qu'il l'est aux autres corps. Consultez-vous & vous sentirez que cela doit être de la sorte. Ainsi, tel être n'est lui, que parce qu'il en a la conscience, & que les autres l'ont aussi. Vous trouverez, Madame, dans *l'Ecole des Pères* de cet auteur, la plus ingénieuse & la plus satisfaisante explication qu'aucun métaphysicien nous ait encore donnée de l'intellectualisme de Barklay. Ceci me paraît moins une digression, qu'une analogie au sujet qui nous occupe.

C'est donc avec le secours de cette mémoire, vraie & unique source & continuation de chaque moi humain, que cette créature immortelle, représentative de l'homme mort, sentiroit la justice du complément de peines ou de récompenses qu'elle recevrait dans cette autre vie pour le bien ou le mal qu'aurait fait dans celle ci la créature précédente & dissoute qu'elle remplace. Elle en deviendrait, par son instruction, sa mémoire & son intelligence, la prolongation, la continuation, comme elle en serait, par son essence & sa destinée, la perfection & l'expiation ou la béatification. Souvenez-vous, Madame, que cette hypothèse n'a lieu que pour ceux à qui les adroits & captieux paralogismes de certains matérialistes pourraient inspirer des doutes sur la substance spirituelle qui fait la plus active, la plus noble, comme la plus durable partie de notre être.

Ce n'eſt pas ici le lieu de diſcuter le ſentiment d'Origêne & de beaucoup d'autres, qui penſent qu'après une purgation proportionnelle à la connaiſſance, à la faibleſſe, à la méchanceté du délinquant, comme à la puiſſance, à la miſéricorde, à l'équité du Juge, toutes ces créatures intelligentes & ſenſibles finiront par être comblées de quelques parcelles de l'ineffable gloire & félicité du Père univerſel. L'Auteur du livre intitulé, *le Ciel ouvert à tous les Hommes*, donne une belle & majeſtueuſe idée de la rédemption. Mais je ne puis l'approuver d'avoir affirmativement réduit à rien les punitions de la vie future. Il ne nous appartient pas d'expliquer comment alors le Tout-Puiſſant douera les hommes d'une ſageſſe capable de pénétrer les adorables motifs qu'il a eus, de les ſoumettre ſur la terre aux épreuves propres à mettre en jeu le diſcernement dont ils ſont aſſez pourvus, dès ce bas monde, pour avoir de grandes notions du juſte & de l'injuſte, pour ſpéculer ſur ce qui eſt contraire ou conforme à l'ordre, à l'harmonie des individus, des familles, des ſociétés & des peuples. Tout informe qu'eſt ce canevas, ou cette ébauche de mes idées, il vous garantira que de manière ou d'autre j'aitends le grand Juge & l'autre vie, & que cette vérité est pour moi de sentiment bien plus que de discussion. J'ai toujours goûté, toujours pratiqué ce conseil du fameux Génevois, qui joignit à ses talens sublimes le bonheur d'être votre ami. *Osez confesser Dieu chez les Philosophes : osez être tolérant avec les dévots.*

Les Ecrivains les plus accrédités dans leur communion, ne craignent pas de s'appuyer de l'autorité des Ecrivains d'une communion contraire, sur les points où ils se rencontrent. Avant de finir, il me serait, sans doute, permis, à leur exemple, de citer, des Auteurs les plus inortodoxes, plus d'un passage édifiant & persuasif en fait de sentiment ou d'idée, entraînant & démonstratif en fait de preuves & de raisonnement. Mais, Madame, quelles que soient votre patience & votre solidité, je ne hérisserai point de ce vain étalage d'érudition pédantesque une lettre que vous aurez la bonté de lire. Je me contenterai de vous observer, qu'indépendamment des excellentes choses que vous avez rencontrées dans nos meilleurs controversistes & sermonaires, sur la Divinité, la création, l'âme, en un mot, sur le dogme & la morale, sur l'apparence & l'évidence, il en est encore beaucoup dignes de votre estime dans les écrits des autres Religions, & sur-tout dans l'institution de ce

Chanoine de Noyon, que nos ancêtres donnèrent à la petite République qui, depuis a donné le Fort à la Russie, M. Neker à la France, & Jean-Jacques à l'Europe.

Pardonnez, Madame, en faveur de l'immensité du sujet, le désordre, les longueurs & les répétitions où mon insuffisance est souvent tombée. Souvenez-vous sur-tout avec Pascal que, si les lumières & les objets de la foi, sont supérieurs à la raison, ils n'y sont point contraires.

Je suis avec respect, &c.

LETTRE II.

*A Madame la Comtesse de B * * *.*

Ne crois pas qu'enivré de l'erreur de mes sens,
De ma religion blasphémateur profane,
Je veuille avec dépit, dans mes égaremens,
Détruire en libertin la loi qui les condamne.

Voltaire.

NON, Madame la Comtesse, non; mes sentimens & mes principes ne diffèrent pas des vôtres, & je ne puis supposer une cause aveugle & fortuite à des effets intelligens & réguliers. Comment la plus simple contemplation de la nature ne nous porterait-elle pas à révérer l'existence, la bonté, la puissance, la justice de Dieu? Lorsque je lus, dans ma première jeunesse, *l'homme plante* & *l'homme machine* de Lamétrie; je ne cessai pas de croire au grand Jardinier (1), & au suprême méchanicien. Pourquoi

(1) Ce mot *Jardinier*, dans le sens où nous le prenons & l'appliquons, n'est pas plus injurieux au grand Etre, que celui d'Architecte qu'on lui donne souvent, que celui de Géomètre que lui donne Platon, que ceux de Pasteur, de Laboureur & de Vigneron, sous lesquels il a été désigné par le Messie lui-même.

l'Auteur du *bon sens*, & celui du *système de la Nature*, après avoir démontré l'énergie de la matière, n'ont-ils pas remonté jusqu'au principe intelligent & vivificateur, qui produit, entretient & règle cette énergie? On lit à la fin de la lettre de Trasibule à Leucippe, cette phrase remarquable: » Je » m'en tiens au raisonnement censé de ces Indiens, » qui, quoiqu'ils ne pussent concevoir la méchani- » que de ces machines hydrauliques qu'on leur » avait portées, ne se croyaient point obligés d'a- » vouer à leurs compatriotes que ces machines » étaient des animaux «. Ces seuls mots, auroit-on pu dire à l'Auteur, renversent heureusement tout le système d'athéisme posé dans votre ouvrage; car vous ne sauriez disconvenir que l'Indien, plus attentif ou plus éclairé, n'eut reconnu que la machine hydraulique ne s'était pas faite elle-même & sans agent. Dieu fournissant & gouvernant la matière & la forme, est à l'univers, à la nature infiniment plus encore que l'ouvrier n'est à cette machine. J'adhère avec Newton, au sublime verset du Psalmiste: *les Cieux racontent la gloire de Dieu*; & je dis comme Voltaire, en contemplant ce qu'il m'est permis d'appercevoir de ce vaste univers, que....

. . . . » Je ne puis songer
» Que cette horloge existe, & n'ait point d'horloger ».

J'espère la vie future, & je crois à l'Etre suprême, infini, tout-puissant & parfait créateur, gouverneur, conservateur, rémunérateur & vengeur. Religion vient de relier : *Religio à religando.* Qu'ils sont coupables ceux qui font un triple motif de discorde, ou une quadruple chaîne d'esclavage de ce double lien de sagesse & de fraternité qui doit unir tous les hommes sous les auspices du père commun! O, Madame! ne méconnoissons jamais ce plus sublime & plus touchant des rapports que l'auteur de tout, l'Etre bon par essence, daigne établir entre lui-même & la plus intelligente, comme la plus sensible de ses créatures, à nous connues. Voyons la justice divine assez agissante ici-bas pour nous convaincre de la réalité d'une providence universelle & constante. Voyons cette justice éternelle assez suspendue pour en attendre le complément dans un autre ordre de choses. En un mot, sans la perspective de l'existence à venir, l'existence présente me devient infiniment plus énigmatique & plus inexplicable. Je bénis donc cette ineffable & miséricordieuse Providence de m'avoir, au milieu de mes égaremens, qu'elle a soufferts & qu'elle souffre, de m'avoir permis de conserver sans tiédeur, comme sans fanatisme, le zèle & le sentiment intimes d'une religion, c'est-à-dire, d'une régle de morale & de conduite, dirigée par l'observation de la nature, fortifiée par l'amour de l'ordre, & sanctifiée par l'espérance en Dieu. J'adopte sans restriction, le Décalogue; & sans prononcer ni sur les confessions prolixes de Saint Augustin, ni sur les confessions bisarres de J. J. R***, j'adhère ainsi qu'eux, de toutes les forces de mon esprit & de mon cœur, à ce sublime résumé des dix commandemens : *aimer Dieu sur toutes choses, & le prochain comme soi-même.*

Ces principes me paraissent vraiment catholiques, vraiment universels, vraiment convenables aux hommes de tous les climats, de tous les siècles & de tous les rangs.

Quant aux dogmes, je vous tiendrai, Madame la Comtesse, le même langage que j'ai tenu ci-devant aux respectables Marquises de L* C* & de J***: c'est que vos lumières, vos vertus, votre indulgence, mais sur-tout cette franchise & cette confiance dont vous m'honorez, pourraient vaincre mon extrême répugnance pour les controverses, d'autant qu'entre nous il n'y aurait point de disputeurs de profession. Gradués, considérés, payés pour soutenir à tort & à travers leurs inintelligibles ergoteries, la plupart (1) me paraissent aussi

---

(1) Ce mot la *plupart* bien éloigné de signifier *tous*, prouve combien j'admets d'exceptions honorables au défaut spécial dont

redoutables pour les ames pieuſes, qui cherchent à s'entr'éclairer de bonne-foi, que beaucoup de gens-d'affaires & de pratique le ſont pour des particuliers honnêtes, qui veulent arranger à l'amiable leurs différends ou leurs mal-entendus.

Ainſi, Madame, je profiterai du droit que vous me donnez de tout dire dans la converſation. Mais dans une lettre, je n'ai ni l'audace, ni le droit de tout écrire. Ce n'eſt pas à moi qu'il appartient de poſer la différence entre un dogme univerſel & des opinions locales, de fixer le ſens du mot *orthodoxie*, que plus d'un obſervateur impartial prend comme ſynonime de *ſyſtême dominant* ou *privilégié*. M'approuverait-on d'examiner juſqu'à quel point l'adorateur en eſprit & en vérité, le vrai Philoſophe Chrétien doivent s'occuper de la différence des ſyſtêmes & des orthodoxies de Conſtantinople, de Moſcou, du Tibet, de Pekin, de Méaco, de Genève, d'Ausbourg & de Philadelphie? Aurais-je bonne grace de marquer, autrement que par mes égards envers tous les hommes, l'étendue de la défenſe d'appeller ſon frère Raca? Non, Madame, ce n'eſt pas à moi de commenter la préférence que

---

on accuſe généralement une claſſe nombreuſe de citoyens, d'ailleurs chers & précieux, envers les derniers deſquels je ne me permettrai pas l'ombre d'une attaque particulière.

le Christ donnait à la Samaritaine, à la Cananée, aux Schismatiques, aux Gentils, même aux matérialistes Saducéens, sur les Prêtres, les Pharisiens, les Scribes & les Docteurs, d'expliquer jusqu'où l'unité d'enseignement peut se concilier avec la liberté de croyance; de montrer que l'objet du culte est un; mais que les moyens de l'exercer sont aussi multipliés ou variés que les physionomies, les complexions, les caractères & les esprits de ceux qui doivent le rendre. Ma précédente lettre, Madame la Comtesse, vous explique assez comment je conçois qu'un galant homme, qui n'est point Missionnaire, peut concilier, justice, bienséance & charité dans ses exhortations, lectures ou conversations religieuses, en réservant le pain bis aux estomacs grossiers, & le pain blanc aux délicats. Il me semble, en vérité, que c'est en ce sens que l'Apôtre des Gentils se faisait tout à tout.

J'observerai, Madame la Comtesse, sur les mystères, le même respect & la même réserve dont je ne me suis pas écarté sur les dogmes. Nombre de gens auxquels on peut reprocher la sottise ou l'ignorance, entr'autres Sabellius, Voltaire & Swédenborg (1), ont mieux aimé croire une

---

(1) C'est un sublime rêveur que ce Swédenborg. J'y trouve à la fois l'invention du Dante, l'élévation de Milton, la douceur de Trinité

Trinité d'attributs qu'une Trinité de personnes. Heureusement que leur témérité retombe sur eux seuls, & ne produit rien de contraire à l'ordre social, à la piété humaine, non plus qu'à la Majesté Divine.

Vous me demandez, Madame, ce que je pense de toutes ces incartades aussi contraires à la morale & à la religion, qu'à la politesse & au bon sens, de tous ces traits amers qu'on se permet depuis quelque tems de lancer indistinctement contre tout Auteur accusé de Philosophie, & cela toujours au nom de l'Evangile, malgré le précepte Evangélique qui défend d'insulter, d'aigrir, d'affliger le prochain. Imbu de ce même précepte, je ne m'aviserai d'attaquer aucun de ces détracteurs. Les uns ne méritent pas qu'on les tire de l'oubli ; les autres sont d'ailleurs pourvus d'assez de mérite pour nous donner l'espérance de les voir se rétracter, se corriger, ou du moins se modifier eux-mêmes ; & tous continuent, bon gré malgré, d'être nos semblables & nos frères.

En général, Madame, défions-nous encore

Fénélon, la méthode de Mallebranche. En un mot, Poëte, Visionnaire, Moraliste & Métaphysicien ; il est souvent Philosophe & toujours religieux. Quel étonnant mélange de délire & de raison, de reminiscence & d'imagination dans ces productions bisarres & merveilleuses d'une piété extatique & d'un génie exalté.

plus que des incrédules déclarés, de tous ces disputeurs qui, plus téméraires qu'Ofa, présument assez de leurs forces, pour se regarder comme les défenseurs d'une religion si supérieure aux critiques & aux apologies. Quant aux invectives qu'ils répandent contre certains Auteurs & certains livres, souvenons-nous qu'à des yeux Jésuitiques, Pascal, Arnauld, Saci, Nicole & Quesnel n'étaient que des impies, des menteurs & des insensés, & que presque toujours l'esprit de justice est banni des lieux, des conversations & des ouvrages où domine l'esprit de parti. De-là vient cette espèce de mépris avec lequel des Catholiques regardent les réponses de Le Faucheur & de Dumoulin à Duperron, celles de Basnage, de Claude & de Jurieu à Bossuet, & *vice versâ*.

Certes le meilleur, ou, (ce qui revient au même) le moins mauvais des livres sortis d'une plume humaine, est hérissé de fautes & d'erreurs, parce que l'imperfection tient à notre nature, comme la maladie à notre santé, & la mort à notre existence. Et quand un livre serait parfait, ses Juges ou ses Lecteurs le seraient-ils? Avant & depuis que Térence a dit: *nihil est quin male narrando possit depravarier* (1), n'a-t-on pas vu

(1) Rien de bon qu'on ne puisse faire paraître mauvais lorsqu'on le représente mal. *Phorm. Act. IV, Sc. 4.*

la malignité défigurer, tronquer, parodier & travestir jusqu'aux saintes Ecritures ? Et ce qui est bien plus affreux, n'a-t-on pas vu des Théologiens orthodoxes, tels que les Torquemada, les Clément, les Bonnet, faire les plus horribles commentaires, les plus infernales applications des passages sacrés ? Mais les productions excellentes, quoiqu'en butte aux détractions, comme le sont les personnes vertueuses, finissent toujours, comme celles-ci, par mériter l'application de la maxime d'Horace : *partout où les beautés l'emportent, de légères taches ne doivent pas nous offenser.*

Prenons pour exemple, Madame, je ne dirai pas des ouvrages universellement sentis & applaudis (car en est-il de tels ?) mais de ceux qui s'attirant l'admiration d'un grand nombre de lecteurs de bon esprit & de bon goût, n'en sont pas moins déchirés dans les cercles & les brochures.

1°. N'est il pas vrai qu'à travers les erreurs qui malheureusement obscurcissent le lumineux & profond traité *de l'Esprit*, une grande vérité sentie par tous les Moralistes & les politiques, mais nulle part aussi bien développée, ne cesse de briller du plus vif éclat dans ce livre & dans celui *de l'homme* qui lui sert de complément ? Cette vérité, vous le savez, Madame, est l'influence de la législation, de l'adminiſtration & de l'éducation ſur le bonheur des Empires, des familles & des individus. Pour bien profiter de ce qu'Helvétius a dit ſur ces grands objets, il faudrait paſſer immédiatement de ſon livre aux *Entretiens de Phocion* de l'Abbé de Mably. Le ſecond ouvrage me ſemble quelquefois complément, commentaire & correctif du premier, malgré le peu d'analogie apparente des deux Auteurs & des deux productions.

Montaigne, en parlant des coutumes purement arbitraires, avait dit avant Helvétius, & Cornelius Népos avait dit avant Montaigne, que ce qui eſt vertu dans l'Orient eſt vice dans l'Occident. Lamotte-le-Vayer répète ſouvent avec complaiſance la même aſſertion. Mais Helvétius a eu le mérite de reconnaître & de prouver que les peuples les plus ſauvages ſont auſſi humains dans leurs intentions que barbares dans leurs moyens. Or ce premier principe d'humanité, du moins pour l'intention, n'eſt point arbitraire. Il eſt gravé dans les cœurs par le burin de la Nature ou par la main de ſon divin Auteur. C'eſt aux Légiſlateurs, aux Adminiſtrateurs & aux Inſtituteurs à faire un diſcernement ſûr entre les préjugés & les abus qui pervertiſſent les notions & les impreſſions primitives de la Nature, & les uſages, les sentimens, les actions, les mœurs ou les goûts qui ne servent qu'à diriger, seconder, épurer ces impulsions originelles.

Quant à l'intérêt personnel, il ne s'agit, comme disait l'Auteur (1) des *variétés sérieuses & amusantes*, que d'en annoblir l'objet, pour convenir avec Helvétius qu'il est le mobile universel du genre humain. Certes le Héros dont Labaumelle a dit :

» Lanoue au bras de fer, dont le plaisir suprême,
» Est de faire le bien pour l'amour du bien même,

L'homme véritablement généreux & vertueux a son intérêt comme celui qui ne vise qu'à des profits honteux ou criminels. Mais entre l'intérêt du premier & celui du second, est souvent la même différence qu'entre la bravoure de Bayard & celle de Cartouche. Les Saints mêmes les plus détachés de la terre, rougissent-ils d'avoir leur intérêt dans le Ciel ? (2) Mais pour ne parler que des intérêts de ce monde, n'oublions pas cette

(1) Ce même Auteur, (feu M. Sablier) a fort bien dit dans le même ouvrage, que ce n'est point la Religion qui a gâté l'homme, mais l'homme qui a gâté la Religion.

(2) Saint Paul, au vingt-sixième verset du dixième chapitre de son Epître aux Hébreux, loue Moyse d'avoir envisagé la récompense, & son langage est conforme à celui de David, Ps. CXVIII. verset 112.

maxime d'un moderne dont les Romans renferment quelquefois la vérité comme certains livres d'histoire recueillent le mensonge : » L'utile » est toujours honnête, puisqu'il n'y a que l'hon» nête qui soit vraiment utile. Si l'on voulait s'ar» rêter un moment sur cette vérité, l'on verrait » combien elle est fondée, & combien la maxime » est juste. Sera-t-il vraiment utile à un Roi de » manquer à ses traités, de violer la foi publique, » de faire banqueroute à son Peuple après un » emprunt, de l'accabler d'impôts, afin de suffire » à de folles dépenses, ou pour soutenir des » guerres injustes ? sera-il utile au Général de se » laisser gagner par l'or de l'ennemi ? Au Magis» trat de vendre l'injustice ? Au Marchand de sur» vendre & de donner du mauvais ? A l'Artisan » de mal travailler ? A l'Ouvrier d'être insubor» donné, de ne rien faire, d'exiger un payement » trop fort ? Non, non certainement ! Loin d'être » utiles, toutes ces choses qui n'ont qu'un avan» tage momentané, sont destructives de la véri» table utilité : elles bouleversent tout en peu de » tems & détruisent la société. » Que si quelqu'un se formalisait, Madame la Comtesse, de me voir citer *les Parisiennes* dans une lettre de la nature de celle-ci, je les renverrais au *Systême Social*, où ces grands principes sont encore plus fortement établis, plus amplement dévelopés. Madame du Bocage les a rendus en beaux vers dans le sixieme Chant de son *Paradis Terrestre*, pag. 99 de la nouvelle édition. Je les copierais si vous ne les saviez par cœur.

Ce n'est point ici le lieu de répéter ce que nous croyons avoir démontré quelque part sur la manière dont Helvétius se tire par des raisonnemens clairs, liés & suivis de plusieurs des mêmes difficultés métaphysiques auxquelles Voltaire échappe par une épigramme, Rousseau par une déclamation, Condillac par une obscurité, d'autres par des mysticités. Je pense qu'on se serait moins allarmé de toutes les conséquences que ce spirituel Matérialiste a déduites de la sensibilité physique, s'il n'eut pas pris pour cause dans l'homme cette même sensibilité qui n'est que le premier & plus général effet de sa composition & de sa destination privilégiées. Ce n'est point parce que nos organes & nos membres sont faits & disposés de telle ou telle manière, que nous l'emportons sur les animaux; mais c'est parce que nous devons l'emporter sur les animaux, que notre organisation & notre conformation sont si différentes des leurs.

2°. *Emile* proscrit à sa naissance & regardé maintenant comme un livre classique, malgré la force & la quantité de critiques auxquelles il prête le flanc, Emile n'a-t il pas opéré le retour le plus heureux de beaucoup de mères, d'instituteurs & d'enfans à la Nature? Son illustre Auteur a confondu les Satyriques dans ce passage des lettres de la Montaigne, où il prouve combien la malignité peut abuser de tout, même de l'Evangile. Les lecteurs honnêtes, semblables à l'abeille, expriment le suc des bons livres; & les méchans, pareils au serpent, n'y cherchent que le poison.

3°. *L'esprit des Loix* n'est-il pas devenu le Code des Nations? Montesquieu, si universellement révéré depuis sa mort, n'a pas été moins déchiré, moins traversé de son vivant, que beaucoup d'autres grands hommes. Ah! que le bienfaisant & persuasif Saint François de Sales, ce Fénélon de son siècle, avait bien raison de dire que la vérité qui n'est pas charitable, provient d'une charité qui n'est pas véritable. La Religion comme la Philosophie, prend souvent la teinte du caractère de ceux qui la professent; onctueuse & tolérante avec les âmes douces; tirannique & violente avec les ames dures, altières & emportées. Ces deux filles du Ciel, la Religion & la Philosophie, ces deux sœurs quelquefois séparées, jamais ennemies, ne sont parfaitement assurées de leurs succès &

du bien qu'elles doivent faire aux hommes que lorsqu'elles peuvent s'accorder & se réunir.

4°. Le *Traité sur la Tolérance* ne renferme-il pas d'excellens préceptes de Morale, de Politique, de Philosophie saine & religieuse ; & peut-on nier que, toute compensation faite, le chantre de Henri, le successeur de Corneille, le peintre des Nations, le défenseur de Calas, des Syrven & des serfs du Mont-Jura, n'ait fait beaucoup plus de bien que de mal au siècle sur lequel il a eu tant d'influence ?

5°. Quoi de plus propre à nous inspirer l'horreur & du fanatisme & du despotisme, que les *recherches* du savant Boullanger ? Ses divers ouvrages n'ont-ils pas réuni les preuves historiques du déluge, comme la nouvelle Encyclopédie Anglaise, & les *études* de M. de Saint-Pierre, en réunissent les probabilités physiques ? On sait de quelle importance est cet événement dans les annales de la Religion.

6°. Si l'immortel Buffon ne respiroit encore, que n'aurions-nous pas à dire des jugemens divers & contradictoires, portés sur le magnifique & prodigieux monument qu'il a élevé à l'histoire naturelle ?

7°. Il s'en faut de beaucoup que j'approuve également toutes les assertions, toutes les idées éparses dans la *vie de M. Turgot.* Mais je ſuis encore à deviner comment cet ouvrage patriotique & bien écrit, dans lequel ſe trouvent d'ingénieux & forts argumens en faveur de l'immortalité de l'ame, a ſubi les accuſations d'ineptie & d'impiété. Convenons ſans difficulté, que la Philoſophie & les Philoſophes ne ſont nulle part auſſi répandus que dans les états infectés du luxe. Mais accuſera-t-on la Médecine d'avoir enfanté la peſte, parce qu'il ſe trouve, & qu'il faut plus de Médecins dans un lieu peſtiféré qu'ailleurs? Pareille au ſimple vivifiant qui croît à côté de la plante vénéneuſe, la Philoſophie, loin d'être la cauſe du mal, en eſt le remède. Si, comme je l'écrivais en 1771 à M. Linguet, les deux partis s'expliquaient clairement & de bonne-foi, ils n'en formeraient bientôt qu'un ſeul. C'eſt encore une de ces diſputes de mots, ſi communes parmi des hommes, plus empreſſés d'aigrir ou d'humilier leurs adverſaires, que de les ramener ou de les inſtruire. Ce que l'un réprouve ſous le nom de pédantiſme ou de charlatanerie, eſt préciſément ce que l'autre veut appeller philoſophie. Ce qu'il exalte ſous le nom de philoſophie, eſt exactement ce que l'autre appelle ſageſſe & lumière.

8o. Où donc eſt le crime de Diderot d'avoir entrepris l'apologie d'un Philoſophe eſtimé de plusieurs Pères de l'Eglise, comme de plusieurs historiens & moralistes profanes ; d'un Philosophe dont les leçons firent cinq ans le bonheur du plus vaste empire; d'un Philosophe à qui d'immenses richesses, dont il fit souvent le meilleur usage, n'ôtèrent jamais le mépris de la fortune ; d'un Philosophe enfin, dont la mort cruelle & courageuse fut bien plus qu'expiatoire des écarts où cette malheureuse fragilité humaine put l'entraîner pendant sa vie? Ah! que M. Castillon est fondé à dire, dans un passage du *Mendiant Boiteux*, qu'en général les censeurs les plus impitoyables, sont les hommes les plus faciles à se laisser entraîner dans les fautes & les vices dont la simple apparence en autrui soulève si sérieusement leur bile!

Les pieux solitaires de Port Royal, ont victorieusement démontré, dans la troisième partie de la Logique, chap. 3 (1), la sottise de conclure du particulier au général, & le mauvais lieu commun des personnes qui soutiennent que tous les Philosophes sont des impies, parce que quelques Philosophes ne sont pas assez religieux. Autant vaudrait soutenir, que tous les gens pieux sont des aveugles, parce qu'il s'en trouve quelques-uns sans

---

(1) Je n'ai dans le moment sous les yeux que la première édition.

lumières. Si les apologiſtes de la plupart des livres argués de Philoſophie, oppoſaient à leurs détracteurs les mêmes armes, & des paralleles d'auſſi mauvaiſe foi; je maintiens que des aſſertions monſtrueuſes paraîtraient ſortir des ouvrages & des Auteurs les plus religieux & les plus édifians. Je n'en excepte pas même ceux que M. Sabbatier de Cavaillon, plus rigoureux envers Homère (1), que ne le fut Platon lui-même, propoſe de ſubſtituer aux Euripide, aux Sophocle, aux Cicéron, aux Virgile, aux Horace, aux Terence, aux Juvenal, aux Tite-Live, aux Salluſte, aux Quinte-Curſe, aux Tacite, à cauſe des parcelles de poiſon répandues chez ces illuſtres prophanes Grecs & Latins. Voyez le Journal Encyclopédique, du 15 Novembre 1787.

Sans envelopper avec cette ſévérité ce qu'ils

---

(1) Combien ne fut pas invectivé, de ſon vivant, cet illuſtre Archevêque de Cambrai, qui fut moins l'imitateur que l'émule & le continuateur du chantre d'Achille & d'Ulyſſe! Aujourd'hui les gens de lettres auraient oublié, comme les gens du monde, la *Telémacomanie* de l'Abbé Faydit, ſi le Miniſtre Bernard n'avait daigné l'annoncer dans ſes *Nouvelles de la République des Lettres*, du mois d'Octobre 1700. L'éloquent & paradoxal Jean-Jacques, n'a-t-il pas lui-même ſacrifié quelques pages à défigurer, par un commentaire hyperbolique & malin, quelques fables de notre inimitable la Fontaine.

ont de bon, dans la condamnation de ce qui ne l'eſt pas, je crois que des diſparates ou de l'inégalité des plus grands Ecrivains, choiſis parmi ceux qui n'ont point connu ou point ſuivi la révélation, ſuffirait de conclure à la néceſſité de cette baſe unique & ſolide d'un accord & d'une évidence, au milieu des diſputes & des obcurités humaines. Bref, diſait un fameux controverſiſte du ſeizième ſiècle : « Qu'il nous ſouvienne que Dieu, qui eſt » inviſible, & duquel la ſageſſe, vertu & juſtice » eſt incompréhenſible, nous a mis devant les yeux » l'hiſtoire de Moyſe, au lieu de miroir, auquel » il veut que ſon image nous reluiſe. Car, » comme les yeux chaſſieux ou hébêtés de vieil» leſſe, ou obſcurcis par autre vice ou maladie, » ne peuvent rien voir diſtinctement, ſinon étant » aidés par lunettes; ainſi, notre imbécillité eſt telle » que, ſi l'Ecriture ne nous adreſſe à chercher » Dieu, nous y ſommes tantôt évanouis.... Saint » Auguſtin nous avertit bien à-propos, que d'émou» voir queſtion de l'infinité des tems, c'eſt une » auſſi grande folie & abſurdité, que d'entrer en » diſpute pourquoi la grandeur des lieux n'eſt auſſi » bien infini.... Ceux qui conterolent le repos de » Dieu, d'autant que contre leur appétit il a laiſſé » paſſer des ſiècles infinis avant de créer le monde, » ſe précipitent en une même rage. Pour con-

» tenter leur curiosité, ils sortent du monde, comme
» si en un si ample circuit du ciel & de la terre,
» nous n'avions point assez d'objets & rencontres
» qui, par leur clarté inestimable doivent retenir
» tous nos sens & par manière de dire, les engloutir:
» comme si, au terme de six mille ans, Dieu ne nous
» avait point donné assez d'enseignemens pour nos
» esprits, en les méditant sans fin & sans cesse.
» Demourons donc entre ces barres auxquelles Dieu
» nous a voulu enclorre & quasi tenir nos esprits
» enserrés, afin qu'ils ne découlent point par une
» licence trop grande d'extravaguer.

Madame la Comtesse me dispensera d'exposer dans cette lettre ma façon nullement hérétique, mais particulière, d'envisager, de croire ou d'interpreter les premiers chapitres de la Genèse, de même que la plûpart des miracles & plusieurs prophéties des deux testamens. Il me suffit de lui avouer que cette manière, qui ne tient ni de la superstition ni de l'incrédulité, me paraît conforme aux règles & remarques consignées dans le manuscrit unique & précieux dont j'ai donné l'annonce pag. 500, 503 du Journal des Deux Ponts de 1786, N°. 11. L'Auteur de la *Certitude du Mahométisme*, que l'on ne pourrait réfuter par la méthode ordinaire, se rendrait peut être lui-même à la rétorsion de son principal argument.

Quoi ! pourrait-on lui dire, de ce que vous trouvez par tout des veſtiges & des analogies du plus profond myſtère, du plus admirable dogme & du plus grand fait du Chriſtianiſme, vous en concluez que c'eſt la même erreur qui a fait le tour du globe & qui s'eſt emparée de preſque tous les hommes, au lieu de convenir que c'eſt la même vérité qui s'eſt montrée par tout, quoique ſouvent défigurée par l'inexactitude des traditions & la faibleſſe de la raiſon humaine ! Quant aux autres récits, je le renverrais à ces explications ſur leſquelles je dois garder le ſilence juſqu'à ce qu'elles paraiſſent avec l'approbation des Maîtres en Iſraël.

Après cela, Madame, ſerait il ſi difficile de faire palper à l'ingénieux & ſavant écrivain que l'on combattrait avec les armes de la charité, de la candeur & de la politeſſe ; 1°. la différence entre les abus & la choſe ; 2°. la ſublime ſimplicité d'une Loi qui ſe réduit aux plus clairs & aux plus doux préceptes de la Nature & de la Société, d'une Loi (1) qui preſcrit l'adoration

(1) Saint Paul a dit dans l'Epître aux Romains, que les Nations qui n'auront point connu cette loi, pourront toujours s'en tenir lieu à elles-mêmes, par les ſeules lumières naturelles, qui ſont toujours un don de Dieu. Dans un précis des *vérités Chrétiennes*

du grand Etre, l'amour de la justice, le pardon des injures, la févérité pour foi-même, la commifération, l'indulgence & la fociabilité pour autrui. 3°. La chaîne d'une Religion dont les anneaux par les Apôtres, par les Evangéliftes, par les Prophètes, par Moyfe, par les Patriarches, fe joignent à la naiffance du monde. 4°. La concordance ou la continuité d'enfeignemens & moralités renfermés dans cette perpétuelle & même Loi, dont la dernière partie n'eft que le retour & le complément de la première.

A ce fujet, Madame la Comteffe, je n'ai pas entendu fans beaucoup de fatisfaction Madame la Marquife de L* C* & M. C*** fon ami & le vôtre. Tous deux m'ont paru démontrer par des raifonnemens lumineux & folides que ce *péché originel*, apperçu même par des Philofophes Payens, raconté dans nos livres facrés, foutenu par nos Pères de l'Eglife, & configné dans les traditions religieufes de prefque tous les Peuples

---

& *Catholiques*, qui, fans l'excès d'emportement & de prévention contre les Janféniftes, ferait une des meilleures *expofitions* de notre orthodoxie, avant celle de Boffuet; l'Abbé de Vantadour, Chanoine de Paris, prouvait il y a 130 ans, que c'eft une fauffe doctrine de dire & de croire que Dieu ait créé aucun homme pour ne le pas fauver.

Voyez page 17 de la troifième édition de 1661.

civilifés,

civilisés, donne la meilleure clef des disparates de l'ame, de la vie & de l'habitation humaines; que de ce péché dérive la nécessité de la réparation; de la réparation, le sacrifice; du sacrifice, la nouvelle alliance; de celle-ci, la Loi; de la Loi, la promulgation qui est l'Evangile; de l'Evangile, les garants qui sont la doctrine & les martyrs, &c.

Pope étonné de la profondeur & des inégalités du cœur humain, s'écrie avec raison.

» En lui que de bassesse, & quelle majesté? «

Cette énigme eut cessé d'en être une pour ce Poëte Philosophe, si, au lieu de substituer un optimisme chimérique à la dégradation trop réelle de notre monde & de notre espèce, il eut seulement rapproché le vingt-huitieme verset du premier Chapitre de la Génèse, & le cinquième du dix-neuvième de Saint Jean. Dans le premier passage, le Maître & l'Auteur de tout ordonne à sa créature privilégiée de remplir la terre & de se l'assujettir: dans le second, Pilate montre le Messie aux Juifs en leur disant: *voilà l'Homme.* La sagesse incarnée ne représentait-elle pas tous les hommes tels qu'ils sont aujourd'hui, tous les descendans d'un Roi prévaricateur & détrôné, les mains liées, un bandeau sur les yeux, une couronne de douleur, au lieu de sceptre un faible roſeau. On lui crache au viſage ; on le frappe ; on lui dit de deviner qui l'a frappé, & certes *voilà l'Homme*, le voilà en butte à toutes les humiliations, à toutes les ſouffrances, & toujours victime de ſon ignorance & de ſa faibleſſe, tant qu'il n'ouvre point les yeux au rayon céleſte qui daigne l'éclairer ſur les moyens d'expiation & ſur les motifs d'eſpérance. Que ſi quelqu'un trouve trop d'allégorie & de myſticité dans ces rapprochemens & ces explications, qui me paraiſſent découler aſſez naturellement du texte évangélique ; cette perſonne ne ferait elle pas encore ſuffiſamment édifiée des inſtructions que renferme le récit purement littéral ? Ne verrait elle pas toujours toutes les gradations de la douleur & de la conſtance obſervées de la part de Jeſus (1) arrêté, flagellé, traîné, crucifié, comme celles de l'inſulte & de la cruauté de la part de ſes perſécuteurs ? O Pilate ! ô Juges ! ô hommes en place ! ce n'eſt

---

(1) Je n'ai tracé qu'une eſquiſſe imparfaite de ce divin modèle & Légiſlateur, dans ma première lettre. On en trouve un portrait plus achevé dans la préface de l'hiſtoire de ſa vie, par le Tourneux, & dans le commencement des *mœurs des chrétiens*, par Fleury ; mais c'eſt ſurtout en méditant ſa ſainte parole, qu'on apprend à le connaître. Ainſi penſais, dans le ſiècle dernier, cette pieuſe fondatrice de tant d'établiſſemens charitables, cette illuſtre veuve de Jean-jaques de Beauharnois, Seigneur de Miramion.

point assez de ne pas souscrire à une condamnation injuste ; il faut l'empêcher, la prévenir, en arrêter du moins l'exécution quand vous en avez le pouvoir.

Mais pour sentir mieux encore un sujet que vous êtes bien plus digne de connaître que je ne le suis de le traiter, j'oserai vous renvoyer, Madame, non pas au vulgaire des interprètes & des Commentateurs; mais à quelques passages du livre *des Erreurs & de la Vérité*, & à la totalité du *tableau naturel des rapports entre Dieu, l'homme & l'univers*. Ces deux derniers ouvrages, écrits avec éloquence & profondeur, sont d'un Philosophe religieux & modeste, qui ne les avoue pas. Le second, sur-tout, renferme des morceaux qui vous auraient enlevée & brûlée, comme le style de votre défunt & immortel ami Jean Jacques. Quel dommage que de si beaux livres soient gâtés par des tournures mystérieuses & des formules cabalistiques, plus embarrassantes & plus compliquées que les nombres de Pythagore! Ce sont autant de lacunes désespérantes, même pour les lecteurs qui se croient en état de les remplir. Elles ont le grave inconvénient de prêter aux plus majestueuses vérités, les couleurs d'un ridicule charlatanisme.

Un défaut dans lequel n'est jamais tombé cet estimable Auteur; mais que vous retrouvez chez presque tous les controversistes, c'est de rejetter sur la croyance des adversaires les égaremens de leur conduite, au lieu d'en accuser tout uniment cette malheureuse fragilité ou dépravation humaine, qui rendit Jacob dissimulé; Aaron, prévaricateur; Josué, cruel; David, adultère; Salomon, infidèle; la Madelaine, pécheresse; Saint Pierre, parjure; Saint Thomas, incrédule; & qui a fait dire au Sage de l'Ecriture, que le Juste tombe sept fois par jour. » Enfans de la révolte, dit Bossuet dans ses *Elévations* : » La révolte » est la première chose qui passe en nous avec » le sang. Dès notre origine nous sommes ré» belles (1) : toutes les passions nous dominent » tour-à-tour, & souvent toutes ensemble, & même » les plus contraires. Tout le bien, jusqu'au moin» dre, nous est difficile : tout le mal, quelque grand » qu'il soit, a des attraits pour nous. ».

Assurément tous les hommes portent, du plus

---

(1) M. Benaud de la Grelaie considérant le même sujet dans un morceau de son petit Poëme *des trois etats de l'homme* (*), rappelle fort à propos ce mot de Théophile d'Antioche : que le défaut capital de l'homme étant l'orgueil, il fallait que sa faiblesse & sa dépendance continuelle servissent de contrepoids, & lui fissent la leçon la plus éloquente d'humilité.

(*) Cet ouvrage se trouve chez Cailleau, Imprimeur-Libraire, dans un volume in-8.°, intitulé : l'Ami des mœurs.

au moins, des marques de foiblesse ou de fragilité. Mais le signe ou le comble de la perversité ne se trouve que chez ceux qui veulent obscurcir les notions de l'honnête, du juste & du beau, pour e lacer leurs fautes ou leurs mauvais penchans.

Ce ne sont ni les préceptes de la Philosophie, ni les dogmes de la Religion qui causent ou protégent des écarts, dont ils seraient plutôt le meilleur préservatif. Avant Saint Paul, avant Ovide, on avait dit : *Je vois le bien, je suis le mal*. Mais, & la saine Philosophie & la vraie Religion se réunissent pour dire aux hommes combien leur sont nécessaires le courage & la résignation dans l'adversité, la modestie dans le succès, la défiance d'eux-mêmes dans leurs résolutions, les précautions dans leur conduite, la bienveillance pour le prochain; & par-dessus toute chose, la conviction, que sans la bonté divine, qu'ils doivent souvent implorer, leur pouvoir & leur existence ne sont rien.

Ceci ne tend point à diminuer l'horreur que doit inspirer un Sardanapalisme à-la-fois hypocrite & scandaleux, comme celui du malheureux Henri III. Mais combien de ces *tendres & faibles cœurs*, comme s'exprime la Henriade, combien d'honnêtes gens dont on pourrait dire, ainsi que

Madame de Sévigné disait de Racine; qu'ils aiment Dieu comme ils aiment leurs maîtresses! Combien, dans leurs plus déplorables aveuglemens, sont encore, pour ainsi dire, affamés de Religion, comme les Parisiens ligueurs étaient affamés d'un Roi, suivant l'expression de celui qui devint leur vainqueur & leur père! Combien de victimes enfin, plus à plaindre pour nous qu'à blâmer, de ces doux & funestes penchans,

» Qui jadis ont des Rois égaré le plus sage ».

Telle était cette charmante Circassienne Aïssé, dont on vient de publier les Lettres Françaises: » Je vois, disait-elle, (Lettre VII) qu'il n'y a que » la vertu qui soit bonne en ce monde & en l'autre. » Pour moi qui n'ai pas le bonheur de m'être bien » conduite, mais qui admire & respecte les gens » vertueux, la simple envie d'être du nombre m'at» tire toutes sortes de choses flatteuses ». Et plus bas, Lettre XXI: « couper au vif une passion vio» lente, une amitié la plus tendre & la mieux fon» dée: joignez à tout cela de la reconnaissance, « c'est effroyable; la mort n'est pas pire Cepen» dant vous voulez que je fasse des efforts: je » les ferai; mais je doute de m'en tirer avec » honneur, ou la vie sauve.... Je ne fais ce que » je veux. Pourquoi une passion n'est-elle pas permise? Pourquoi n'est-elle pas innocente? » Ainsi la ferveur d'Héloïse dans le cloître était troublée par le souvenir de son cher Abeilard. Ainsi la belle Hélisenne de Cienne, au seizième siècle, en rendant le dernier soupir sous les yeux de l'amant qui l'avait enlevée à son mari, proférait ces mots, qui qui n'en feraient pas moins dans la nature, quand même l'héroïne & l'histoire seraient fabuleuses. Je les copie d'après Mademoiselle de Keralio, dans le langage du tems. « O Guelenic! pour ce que tu » continues tes lacrymes, pleurs & gémissemens, » tu me frustres du tout de l'espérance que j'avoye » en ta science; laquelle j'estimoye être suffisante » pour réfrener ton courroux, & mitiger tes passions, qui sont tant excessives que tu ne fais » aucunes desmontrances de ta vertu. Toutefois » l'heure est venue que tu la dois montrer & ap» prouver, couvrant la douleur de ma mort, & si » tu veulx efforcer, bien le pourras faire : car il » n'est si grand travail que par prudence ne soit » modéré, ne si acerbes douleurs que patience » n'interrompe : pourquoi, je te supplie d'imposer » fin à ton grand déconfort; & te console en » pensant que la clémence divine a été de nous » pitueuse, puisqu'elle n'a voulu que le péché d'a» dultère eût été par nous commis, qui eût été de » me faire finir par mort plus infelice que de brief

» je voys souffrir, laquelle sans timeur je recepvrai; » car j'espère que mon ame sera colloquée au lieu » où elle trouvera son semblable, à la semblance » duquel elle fut premièrement créée, & pourtant » ne me veuilles tant offenser, comme d'être en- » nuyeux de ma béatitude : & si jusqu'à présent » d'un amour sensuel tu m'as aimée, désirant l'ac- » complissement de tes inutiles désirs, à cette » heure de telles vaines pensées il te faut désister. » Et d'autant que tu as aimé le corps, soit doref- » navant amateur de l'âme par charitable dilection, » & donne telle correction à ta vie que le venin » de la concupiscence ne te prive de la possession » de ce divin héritage qui nous est promis, & pour » ce je prie notre fabricateur que toi & moi con- » solés nous conduise ».

Vous ne ferez peut-être pas fâchée, Madame, de lire encore à ce sujet ce que je me rappelle d'une lettre trouvée dans les papiers d'un de nos contemporains après sa mort. J'ignore la patrie & le nom de la personne à qui cette lettre s'adressait. On me l'a seulement représentée comme une dangereuse & ravissante Syrene, douée d'une partie de vos charmes & de votre esprit, mais malheureusement dépourvue de votre espérance en l'autre vie. Voici donc un fragment de ce qu'un homme aussi juste, disait-on, qu'Aristide, mais pas plus sage que Misogug & Memnon, mandait à cette belle inconnue : « Souviens-toi qu'en dévorant ton joli corps, j'ai chérie jusqu'à ton » ame à laquelle tu as le malheur de ne pas » croire, & que j'emporterai dans le tombeau » l'espérance de te revoir dans un autre ordre » de choses. Mon langage invariable à ce sujet » n'a été ni d'un Epicurien ni d'un Tartuffe ; mais » si j'ai tort de t'adorer, ce n'est pas à toi de m'en » punir, surtout lorsque. . . . . Ah! j'ai goûté le » plaisir de te voir préférer la terrible & quelque- » fois délicieuse mélancolie du sublime Young à » toutes les folles gaîtés d'un cercle bruyant & » frivole. *Ruminerions-nous continuellement notre* » *immortalité*, dit cet amant de la mort ou plutôt » de la résurrection, *si nous devions cesser d'être*, » *& si tant de perfections qui nous élèvent au-dessus* » *de la bête, devaient avoir la même fin? Grand* » *Dieu!* s'écrie-t-il ailleurs, *donnes-moi l'éternité* » *ou reprends ta pensée.* »

Vous voyez, Madame la Comtesse, que l'ame des gens de bien se retrouve jusques dans leurs plus grands écarts, & qu'on peut leur appliquer alors ce mot de Molière : *Où la vertu va-t-elle se nicher*?

Je suis avec respect, &c.

ADDITION.

L'ÉTUDE & l'exercice des objets religieux, également intéressans pour les deux sexes, leur sont également convenables. En voici des preuves de fait qui dispensent des longs raisonnemens.

Marie, sœur de Moyse, la Prophèteſſe Debora, tant d'autres femmes illustres dans l'histoire de l'ancienne loi; Marte & Marie, dans la nouvelle; Sainte Thecle, amie de l'Apôtre des Gentils; & chez les Pères de l'Eglise, Eustochie, Fabiole, Marcelle & Paule, écolieres de Saint Jérôme, Mélanie, pénitente du Prêtre Rufin; puis l'introduction du Christianisme en plusieurs Etats par des femmes, nommément en France par Sainte Clotilde; enfin, tant de Vierges, Nonnes & Moinesses, plus exaltées que les anciennes Vestales; tant de fondatrices remplies d'esprit, de lectures & de visions, telles que les Sainte Thérese, les Chantal & tant d'autres que leurs connaissances & leur génie n'empêchèrent point d'être esclaves de leur cœur & de leur imagination, comme la fameuse Héloïse, &c. &c. Quand le dernier siecle n'eut pas fourni l'exemple de Madame Guyon, il n'y auroit aucun sujet de s'étonner que plusieurs femmes de celui-ci se soient occupées de ces hautes & importantes matières. Il en est à qui M. le Comte de B**, (*Réflexions sur quelques Ouvrages modernes*) conseille ironiquement de marcher sur les traces de la Vénitienne Cassandre Fidèle, des Espagnoles Isabelle de Rosete & Isabelle de Cordoue, & d'autres savantes des pays méridionaux, qui prêchaient à l'Eglise, soutenaient des thèses, commentaient la Bible, écrivaient sur la Théologie au Pape & aux Cardinaux, &c. De ce nombre n'est point la Dame à qui s'adressent les deux Lettres précédentes, écrites vers le milieu de l'année 1787. Quoique son style justement goûté du public, s'élève ou se prête aux sujets divers dont elle s'amuse ou s'occupe, sa modestie, sa philosophie nous ont privés jusqu'à présent, de ce qu'elle aurait pu nous présenter en ce genre avec autant de charme que d'utilité. Mais, trop sensible & trop instruite pour être étrangère à ces importans objets, elle a daigné nous admettre à des conversations qui ont donné lieu aux discussions & remarques précédentes. Long-tems depuis l'envoi des deux Lettres qui les renferment, a paru le livre *de l'importance des opinions religieuses, par M. Necker.* Qu'il nous soit permis d'en extraire ici littéralement quelques-uns des morceaux les plus analogues à notre manière de voir, de sentir & de de penser. Ce n'est pas d'aujourd'hui que nous adhérons au sentiment de celui qui a dit, que pour le progrès des connaissances humaines, il vaut mieux faire l'extrait des bons livres que de multiplier les nouveaux.

» La Morale religieuse est la seule qui puisse » persuader avec célérité, parce qu'elle émeut en » même tems qu'elle éclaire. — Quelle effrayante » association que celle du néant éternel & de » l'amour? »

Si nous indiquons le commencement du Chapitre VII, pages 206 & 207, c'est uniquement pour observer que M. Necker, qui s'est peut-être égaré dans d'autres écrits en faveur des monarchies, nous paroît tomber ici dans les plus graves erreurs, en sens contraire. Nous oserons à ce sujet, renvoyer nos lecteurs à l'ouvrage le plus méthodique & le plus convaincant qu'on ait publié depuis long-tems sur les droits & sur les devoirs respectifs des gouvernans & des gouvernés. Ce livre, intitulé *Principes du droit fondamental des Souverain*, (soit individuels ou collectifs) semble dicté par l'amour de l'ordre, de la patrie & de l'humanité. C'est à la fois un magnifique développement & complément des sages & sublimes principes de Montesquieu, en même tems qu'un solide correctif des éblouissans & dangereux paradoxes de J. J. Rousseau. Et quoiqu'en participant à la profondeur de ces deux Ecrivains, la manière du nouvel Auteur se rapproche moins de l'agrément de *l'Esprit des Loix*, que de la sécheresse du *Contrat Social*; nous pensons que très-peu de productions modernes sont aussi propres que la sienne à faire aimer de chaque nation l'espèce de constitution qui la régit. La préférence qu'il donne, avec Xénophon & Platon, au gouvernement monarchique, n'a rien d'injurieux pour les autres gouvernemens. Toujours pénétré de la maxime fondamentale, que *le salut du peuple est la loi suprême*; toujours aussi loin du despotisme & de la servilité que de la licence & de l'anarchie, il nous montre constamment les vrais préservatifs du mécontentement & de la violence, de la révolte & de la tyrannie, de l'avilissement & de la sédition.

La République, disait Boulanger, est un gouvernement fait pour le ciel, la monarchie pour la terre, le despotisme pour les enfers. Comme rien n'est exempt de mal ici-bas, & qu'on sent beaucoup plus ses propres incommodités que celles de son voisin, ne nous étonnons pas que beaucoup d'anciens, nés & vivans dans les républiques, aient panché pour le monarchisme; & que beaucoup de modernes, nés & vivans dans les monarchies, aient penché pour le républicisme. On peut lire à ce sujet ce qu'on a rapporté de M. le Vicomte de Toustain, aux mots *Noblesse*, *Magistrat*, *Patriotisme*, *Etats*, dans la partie de Jurisprudence de l'Encyclopédie méthodique. » Les Loix » & les Coutumes des hommes, disait le Perse » Artaban à Thémistocle, varient suivant les lieux; » mais il est honnête par-tout d'observer & de res» pecter les loix de son pays «.

Jean-Jacques, après avoir écrit avec tant de véhémence contre les Etats monarchiques, a fini par y vivre, & par changer de systême. Au surplus, quelque théorie qu'on se fasse, je crois que dans la pratique on doit s'en tenir à la maxime que Plutarque attribue au sage Artaban; & que Français, Anglais, Hollandais, Espagnols, Allemands, &c, sont également tenus de chérir & défendre l'essence de leur constitution. Indépendamment de l'incertitude du succès, toute grande révolution ne peut guères s'opérer que par une infinité de meurtres, de ravages & de crimes, bien contraires assurément à cet intérêt public, qui fait la base de tout régime social. C'est le violement de la constitution Britannique, qui en a détaché treize colonies, que cette constitution même rendait plutôt sœurs, que filles de la métropole; ensorte que, comme nous l'avons prouvé quelque part, les rebelles étaient à Londres, & non pas à Boston. » Les

» familles, les corps, les peuples, les Rois, dit M de Saint Pierre, ce digne élève de Jean-Jacques, » ont leurs préjugés & leurs passions; il faut souvent » les servir par des vices. Dieu & le genre humain » ne demandent que des vertus ». On voit avec douleur à quel point la fermentation fait sortir des bornes tous les partis dans les querelles religieuses & politiques. Tous les avis conciliatoires, tous les moyens de flexibilité sans bassesse, sont alors rejettés comme perfides ou pusillanimes. De tels emportemens, dont rougissent toujours les petits-fils de leurs auteurs, autant que ceux-ci s'en glorifient; de tels écarts nous rappellent cette sentence qu'un vieux philosophe Chinois adressoit à un disciple de Confucius : » Il faut quelquefois se prêter » au caractère & aux volontés des autres, fussent- » elles des caprices. Les dents sont dures; elles » tombent cependant, elles se brisent contre une » résistance plus forte qu'elles. La langue, au con- » traire, qui est molle & flexible, ne saurait se » briser; elle reste toujours ». C'est cette malheureuse inflexibilité, le plus inhumain des faux points d'honneur, qui partout a causé tant de violences & de calamités; qui a rendu les Anglais, par fois, aussi coupables dans la mer du sud, qu'ils l'étoient devenus par leur avidité dans l'Inde. C'est elle qui a coûté la vie au Capitaine Cook, & qui l'avait empêché de laisser s'établir un soldat à Taïti, & un matelot à la Nouvelle-Zélande. Ces deux hommes, (sur-tout le dernier, vu ce qu'il montra de génie & de caractère) auraient peut-être relevé l'importance des découvertes & des navigations Britanniques, en accélérant la civilisation des peuplades nouvelles, & leurs rapports avec les nations anciennement formées.

Mais, sans l'importance d'une telle digression, que nous aurions d'excuses à demander au lecteur pour nous être si fort & si long-tems écarté de notre sujet! Il n'est pas question des assertions politiques, où sans prétendre à l'infaillibilité, nous pouvons différer de M. Necker; il ne s'agit que des passages religieux où nous avons la satisfaction de nous rencontrer avec cet homme célèbre, qui ne se prétend pas non plus infaillible. Reprenons.

» Pour être libre faut-il donc que nous agissions » sans motifs? C'est bien alors que nous ferions » évidemment une œuvre méchanique... En suppo» sant l'existence de la simple possibilité d'une liber» té réelle, nous ne saurions en avoir un sentiment » différent de celui que nous éprouvons. — Pour» quoi resisteroit-je à l'idée d'une continuation d'exis» tence, puisque je suis forcé de croire à la naissance? » Il y a plus loin d'elle au néant qui l'a précédée, que » de

» de la vie à ſa ſuite ou à ſon renouvellement
» ſous quelqu'autre forme. J'ai connu la naiſſance
» avec certitude ; je ne ſai la mort que par conjec-
» ture. Nous jouiſſons des lumières & du génie
» bienfaiſant d'un homme, venu dans le monde
» il y a deux mille ans, lui ſeul ſerait-il étranger
» à ſa gloire & à ſes vertus ?

— En nous élevant du petit au grand, & rai-
» ſonnant par analogie, nous devons concevoir
» plus facilement l'exiſtence d'un Etre doué, dans
» une étendue illimitée, des diverſes propriétés dont
» nous ne jouiſſons qu'en partie ; nous devons, dis-je,
» concevoir plus aiſément une ſemblable exiſtence
» que celle d'un univers où tout ſerait intelligence,
» excepté ſa force motrice ».

— » Oui, l'on pourrait faire encore une belle priè-
» re, au ſein du doute. O Dieu qui nous eſt inconnu !
» O puiſſance qui eſt vraiſemblable ! O bonté ſou-
» veraine dont mon cœur ſe fait une image, &
» dont il a tant de beſoin ! Ah ! ſi tu exiſtes, ſi tu vis
» dans ces céleſtes demeures que mon œil ne peut
» parcourir ; ſi tu es le maître de ce magnifique
» univers, daigne accepter mon amour & mon
» timide hommage. Une foi diſtraite & ſuperfi-
» cielle dans l'exiſtence de Dieu & dans les opi-
» nions qui dépendent de cette grande idée, n'eſt
» n'eſt pas équivalente en force à un doute con-

» tenu dans des bornes exactes ; & peut-être que » si ces bornes étoient posées d'une manière assez » distincte pour être rendues sensibles à toutes sor- » tes d'esprits, la confiance religieuse d'une des » classes de la société acquerroit un dégré de » plus ».

En vérité, cette lecture de M. Neker nous confirme dans la persuasion que c'est une injustice nuisible, même à la religion, que de taxer d'irréligion tant d'hommes illustres qui n'ont tout au plus été coupables que d'inorthodoxie ? Nous sommes loin d'en excepter Bayle, Boulainviliers, Voltaire, Helvétius ; nous n'en exceptons pas même la Metrie, Spinosa, Freret & Boulanger. Le 19 Avril 1782, après que le penseur Diderot nous eût lu sa conversation avec une grande Dame, sous le titre *d'Entretiens de Crudeli avec une Duchesse*, nous nous permîmes de lui dire : » Autant » vous détruisez facilement les cultes insensés & » les superstitions locales du vulgaire, autant il » nous semble que vos traits s'émousseraient contre » la religion philosophique & universelle, contre » ce double lien, (*Religamen*) qui réuniroit comme » frères les hommes de tous les pays, pour les con- » duire au bonheur, sous l'empire de la vertu, par » la connaissance & l'adoration du père commun ».

M. Diderot nous dit à son tour de grandes vérités,

que nous ne transcrirons pas ici; mais qui nous le montrèrent plus prévenu contre l'abus que contre la chose. Il s'en faut bien, graces à Dieu, que l'incrédulité absolue soit aussi commune que beaucoup de gens affectent de le dire. En 1784, un Militaire nous a donné la *Morale de Moyse*, avec un avertissement sur sa Législation. En 1788, un Magistrat nous donne *Moyse considéré comme Législateur & Moraliste.*

Revenons à M. Necker.

» La vie & la mort, le bonheur & le malheur » peuvent appartenir indifféremment à une nature » dont les mouvemens ne sont dirigés par aucune » intelligence, ne sont enchaînés par aucune idée » morale, mais dépendent uniquement d'une pro- » priété aveugle, qui nous est représentée par ce » ce mot sourd & terrible, *la nécessité*... Dans un » pareil système rien ne pourrait fixer notre opi- » nion sur l'avenir ; rien ne prouverait que.... par » l'une des loix ou des révolutions d'une aveugle » nature, des tourmens éternels ne devinssent notre » cruel, notre épouvantable partage.... Tout serait » obscur, tout serait, pour ainsi dire, au hasard » dans le sort des hommes, si nous ne pouvions » plus attribuer la marche & l'ordonnance univer- » selle du monde à la volonté puissante d'un Être » intelligent, dont les perfections nous sont repré-

» sentées par nos sentimens & par nos pensées...
» Il ne seroit pas évident que nous fussions sans
» intérêt aux tourmens des êtres sensibles dans l'espace immense qui nous est représenté par l'image
» de l'infini & par celle de l'éternité.... Un Dieu tel
» que mon cœur se le représente, encourage, adoucit
» tous mes sentimens. Je me dis : il est bon, il est
» indulgent ; il connaît notre faiblesse, il aime à
» rendre heureux ; & je vois arriver la mort sans
» épouvante, & souvent avec des espérances. Mais
» toutes les craintes, toutes les allarmes deviennent
» raisonnables, si je vis sous l'unique empire d'une
» nature insensible, & dont les loix & les révolutions sont inconnues......... Elle n'a point
» de volonté ; elle n'a point de sentiment ; elle
» n'a point de pensée ; son guide à elle-même
» est la nécessité ; son maître, une force irrésistible dont l'éternel mouvement est un éternel mystère. Ah ! quelle origine, quel protecteur que cette matière indifférente à tous
» les êtres qui sortent de son sein ! Eh ! quel affreux
» spectacle pour l'esprit de l'homme que celui de
» la destruction de toute idée primitive d'ordre, de
» justice & de bonté !

M. Necker a défendu la religion avec les seules armes qui conviennent à une si belle cause, en respectant les Nations & les particuliers, & faisant la guerre à l'intolérance. Il est bien loin d'imiter ce fanatique déclamateur, qui, pour combattre la justice rendue par Louis XVI à nos frères les *séparés*, rejettoit sur eux seuls tous les troubles, tous les malheurs de l'Etat, jusqu'aux plus atroces persécutions exercées contre eux; leur faisait même un crime d'avoir prié le Ciel pour le sang de nos Rois; & portoit son aveugle acharnement au point que, par une conséquence très-juste de ses très-faux principes, on pourrait négliger l'anachronisme de sept cens ans, pour attribuer aux disciples de Calvin le détrônement de Louis le débonnaire par ses Evêques & ses enfans. O combien les malheureux instigateurs des Dragonades se montroient contraires aux vrais préceptes de la charité évangélique, qui s'accorde toujours avec la véritable justice & la saine politique; comme ils obscurcissoient la gloire & trompoient la religion de leur maître, en confondant à ses yeux l'opinion avec la faction; en lui faisant tourmenter ou chasser les petits-fils de ceux qui avaient le plus contribué à mettre son ayeul sur le trône, les enfans de presque les seuls sujets qui n'avaient point troublé sa minorité! Bénissons les Ministres qui savent que les Etats du Roi très-chrétien doivent être l'asyle universel de l'humanité, doivent se purger de toute vexation inquisitoriale & arbitraire, doivent en assurant le repos & la subsistance aux naturels, présenter des attraits aux étrangers, & s'ouvrir à tout homme qui n'est chargé d'aucun délit anti-social. Il semble que c'est principalement aux bons Rois & aux bons gouvernemens à s'appliquer ces paroles du Christ : *Il y a plusieurs demeures dans la maison de mon Père.* Continuons d'extraire M. Necker.

» Qui pardonnera donc l'erreur, si ce ne sont » pas des hommes qui se trompent sans cesse? » Hélas! si la justesse de l'esprit, si la perfection de » la raison, si l'exactitude du jugement étaient les » seuls titres à la bienfaisance céleste, il n'est aucun » de nous qui ne dût détourner à jamais ses regards » de toute espérance.

— » Les opérations de l'esprit ne pouvant être » modifiés que par le raisonnement, tous les des- » seins formés pour remplir ce but avec violence, » sont une atteinte portée au dogme de la spiri- » tualité de l'âme, & une association indirecte au » système des matérialistes; car il faut croire à » l'identité de la matière & de la pensée, pour » avoir acquis le droit de présumer que l'empire » exercé sur nous par des traitemens rigoureux, » peut avoir une influence sur nos opinions; & il » faut considérer l'homme comme un être gou- » verné par des loix méchaniques, pour être auto- » risé à imaginer qu'avec des instrumens de dou-

» leur on peut exciter une ſenſation qui réponde, » par des voies inconnues, à l'action du jugement » & au ſentiment de la perſuaſion.

— » Ceux qui pour nous affranchir de la ſuperſ- » tition s'appliquent à relâcher tous les liens reli- » gieux ; & ceux qui, pour affermir ces liens, ont » recours à l'intolérance, manquent également le » but qu'ils ſe propoſent.

— » La Religion nous aide à reconnaître que la » hauteur & le mépris ſont la plus petite des com- » binaiſons, & la plus aveugle des penſées : *Qu'as-* » *tu que tu ne l'aies reçu ? Et ſi tu l'as reçu, pour-* » *quoi t'en glorifies-tu ?* Quel eſt l'orgueil qui peut » ſubſiſter devant ces puiſſantes paroles ? La Reli- » gion ſemble encore marcher vers le même but, » en nous rappellant ſans ceſſe à la briéveté de nos » jours, cette idée préſervatrice des idées trop » prédominantes.

— » La morale de l'Evangile, dans les devoirs » de bienfaiſance réciproque qu'elle impoſe, ne » diſtingue point *l'habitant de Jéruſalem de celui* » *de Samarie ;* elle prend l'homme dans ſes rap- » ports les plus ſimples & les plus honorables, » ceux qui naiſſent de ſa relation avec l'Etre ſu- » prême ; & ſous ce point de vue toutes les divi- » ſions hoſtiles de royaume à royaume, de pro- » vince à province, & de cité à cité diſparaiſſent ;

» c'eſt l'humanité entière qui a des droits à la » protection & à la bienveillance du ſouverain » auteur de la nature ; & c'eſt au nom de tous les » êtres intelligens & ſenſibles que nous pouvons » croire à l'alliance qui unit le ciel & la terre ». Voyez dans le commentaire de Saci ſur le chap. 12 des *Nombres*, un excellent paſſage où l'interprête, s'appuyant de Saint Paul & de Saint Auguſtin, établit d'une manière convaincante & ſublime, l'eſprit d'amour & d'unité qui devroit régner entre tous les hommes pourvus de quelque raiſon & reconnaiſſant un Dieu. L'envie, dit-il, eſt la maladie qui diviſe les membres; la charité eſt la ſanté qui les réunit.

Dans une, je ne dirai pas des plus judicieuſes, mais des plus ingénieuſes réponſes qu'on ait faites à M. Necker, le critique ſe combat heureuſement lui-même, & prouve par deux ou trois bonnes contradictions avec ſon propre ſyſtême, ſuſpect de matérialiſme & même d'athéiſme, qu'il n'eſt pas foncièrement irreligieux au point que quelques-unes de ſes aſſertions ou diſtractions le feraient conjecturer. Lorſqu'il viendra nous dire : » Il ne » faut pas ſonger à être plus qu'homme, mais » ſeulement à être plus homme », nous ſerons de ſon avis en lui retorquant ces autres phraſes également sorties de sa plume, & que nous prenons dans un sens littéral & sérieux : « Il y a dans le » cœur humain une fibre religieuse qu'on ne peut » extirper.... La croyance en un Dieu n'a sur- » tout aucun besoin d'appui. Elle est si naturelle » & si *nécessaire* aux peuples, à la société ... Le » monde serait orphelin, dit Shafterbury, si Dieu » n'existait pas ».

Quant à l'épithète d'intéressées que le critique de M. Necker donne aux ames religieuses, elle cesse d'offenser par l'annoblissement de cet intérêt même. Car, ainsi que nous l'avons démontré pour éclaircir un passage d'Helvetius, il n'existe pas plus d'action sans intérêt quelconque, que d'effet sans cause. Le système contraire a fait tomber le modèle des Prélats (1), Fénelon, dans

(1) Dans la préface d'une édition du Télémaque en seize livre (in-12, 1705), l'auteur est bien vengé des emportemens de son rival, & des détractions de l'Abbé Faydit. On fait de plus la justice que lui ont rendue nombre de vertueux Ecclésiastiques; & parmi les illustres profanes, Jean-Jacques, qui, disoit-il, aurait voulu être le laquais de Fénelon, pour devenir son valet de chambre; & Voltaire, & d'Alembert, & M. de la Harpe; en un mot, tous ceux dont les suffrages obtiennent le plus souvent celui du Public instruit. Sa réputation ne brille pas moins chez l'étranger que dans sa patrie. Madame du Noyer donne à la guerre théologique sur les *maximesdes Saints*, une cause que nous ne garantis-

l'erreur des Quiétistes. Aussi Bourdaloue dit il dans son sermon pour le premier jour de Pâques, que jamais la joie des chrétiens ne fut plus sainte & plus INTÉRESSÉE que dans ce grand jour. C'est la direction & la qualité de cet intérêt, qui fait la différence de la vertu au vice ou au crime, de la générosité à la bassesse, ensorte que le désintéressement, la libéralité même ne sont dans le fait qu'un intérêt plus délicat & plus sublime. C'est n'avoir rien, dit M. de Florian, que de n'avoir que pour soi.

Cette vérité n'est pas contestée du critique,

---

sons pas, & qui n'honorerait point l'antagoniste du Prélat, que l'on compare à Saint François de Sales. O quel dommage à tous égards, que ce grand homme, véritablement digne de respect & d'admiration par le discours sur l'histoire, par les oraisons funèbres, par la défense de l'Eglise Gallicane, par les *élévations*, &c. se soit perpétuellement nourri de disputes! Le lecteur impartial qui sera curieux de connaître à fond le malheureux différend de l'*aigle de Meaux* avec le *Cigne de Cambrai*, sera très-bien de comparer ce qu'en disent respectivement les Editeurs des nouvelles collections complettes de leurs œuvres. Le même esprit de concorde, de paix & d'indulgence qui nous attache à Fénélon dans l'obscure, mais aigre controverse du Quiétisme, nous range du côté de ses adversaires, lorsque succombant à la manie polémique du tems, il s'avisa d'écrire contre un parti persécuté. Ce n'est pas tout, dit un Prélat de nos jours, de prêcher la religion; il faut la faire aimer. Personne ne s'en acquittoit mieux que Fénélon quand il ne disputoit pas.

puisqu'il reconnoît dans un passage de cette même lettre à M. Necker, l'utilité générale des sociétés pour morale, & pour motifs, l'intérêt & le plaisir qu'on trouve à faire le bien intérêt & plaisir qui certes n'y perdent pas, quand on rapporte ses bonnes œuvres à l'Etre suprême, à l'Auteur de tout bien.

Nous protestons, en terminant cet article, que nous n'avons jamais vu M. Necker, qui d'ailleurs, si nous nous étions donné de airs d'apologistes, aurait pu nous appliquer ce vers de Virgile.

Non tali auxilio, nec defensoribus istis
Tempus eget.

C'est par la seule impression du sentiment & & de l'amour du vrai que nous avons transcrit, comme propres à notre sujet, certains morceaux du sien. C'est avec la même franchise de cœur & la même pureté d'intentions, que, toujours à distance égale de la prévention, de la satyre & de la flatterie, nous nous sommes avisés d'écrire ailleurs sur ses opérations & ses assertions économiques, politiques & financières. En administration, comme en toute espèce de science, nous pouvons dire, avec M. Rabaud de Saint-Etienne, (*Lettre sur l'Histoire, primitive de la Grèce*): » Pour » parvenir à la vérité que nous possédons (ou croyons posséder), » il a fallu les travaux & même « les écarts de ceux qui nous ont précédés ».

FIN.

ERRATA.

Page 3, vers 5, *desro*, lisez *desio*.
Page 22, ligne avant-dernière, *criminel*, lisez *animal*.
Page 22, ligne dernière, *il ferait*, lisez, *il se ferait*.
Page 25, ligne dern. lisez *institution*, en italique.
Page 31, ligne dernière, *permettrai*, lisez *permettrais*.
Page 32, ligne 18, *à tout*, lisez *à tous*.
Page 32, ligne 22, *on peut*, lisez *on ne peut*.
Page 35, ligne 5, *Bonnet*, lisez *Bonner*.
Page 37, ligne 4 de la note, *dixième*, lisez *onzième*.
Page 37, ligne seize, *doivent*, lisez *doit*.
Page 38, ligne dernière, *les*, lisez *le*.
Page 45, ligne 8, *de*, lisez *des*,]
Page 43, ligne 17, *la*, lisez *leur*.
Page 45, ligne 5, *suffirait*, lisez *il suffirait*.
Page 48, ligne 8, *& moralités*, lisez *& de moralités*.
Page 49, ligne 4 en remontant, *les*, lisez *ces*.
Page 55, ligne 4, *Cienne*, lisez *Crenne*.
Page 55, ligne antépénultième, *pitueuse*, lisez *piteuse*.
Page 63, sur la ligne dernière, lisez en note, l'*Archevêque Thomas Becket fut pour l'Angleterre un exemple encore plus déplorable d'une aveugle & funeste inflexibilité*.
Page 64, ligne 20, *ferions*, lisez *serions*.

Le Lecteur rectifiera facilement les autres inadvertances typographiques, & les fautes de ponctuation.

www.ingramcontent.com/pod-product-compliance
Ingram Content Group UK Ltd.
Pitfield, Milton Keynes, MK11 3LW, UK
UKHW022105170726
13837UKWH00003B/1077

9 782329 235318